—Yuna, hoy toca devolver los libros
a la biblioteca.

TYRANNOSAURUS REX
SOY MAS GRANDE QUE TU
T-REX

1905
1705
1605

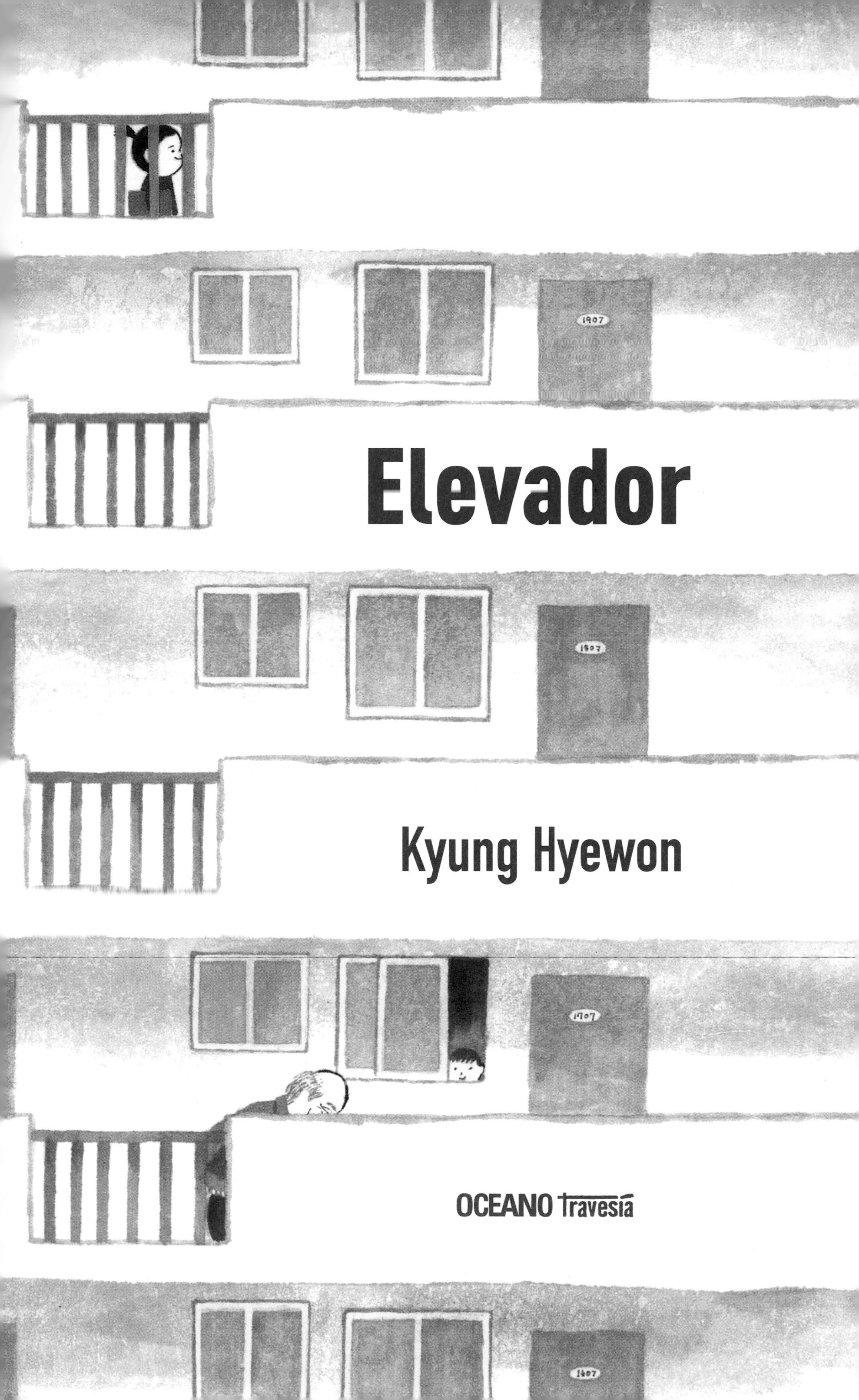

Elevador

Kyung Hyewon

OCEANO Travesía

ELEVADOR

Título original: *Elevator* / 엘리베이터

Esta edición se publicó por acuerdo con Sigongsa Co., Ltd.
a través de Imprima Korea & LEE's Literary Agency

Traducción: Kyung-Ah Park

D.R. © Editorial Océano, S.L.
Milanesat 21-23, Edificio Océano
08017 Barcelona, España
www.oceano.com

D.R. © Editorial Océano de México, S.A. de C.V.
Homero 1500-402, col. Polanco
Miguel Hidalgo, 11560, Ciudad de México
www.oceano.mx
www.oceanotravesia.mx

Primera edición: 2019

ISBN: 978-607-527-757-8

Depósito legal: B-28366-2018

IMPRESO EN ESPAÑA / *PRINTED IN SPAIN*

9004635011218

¡Ding!

¡PLOC!

¡GRRROAAAARRR!

¡PLOC!

—¡Triceratops!

Uf...

—¿Therizino... saurio?

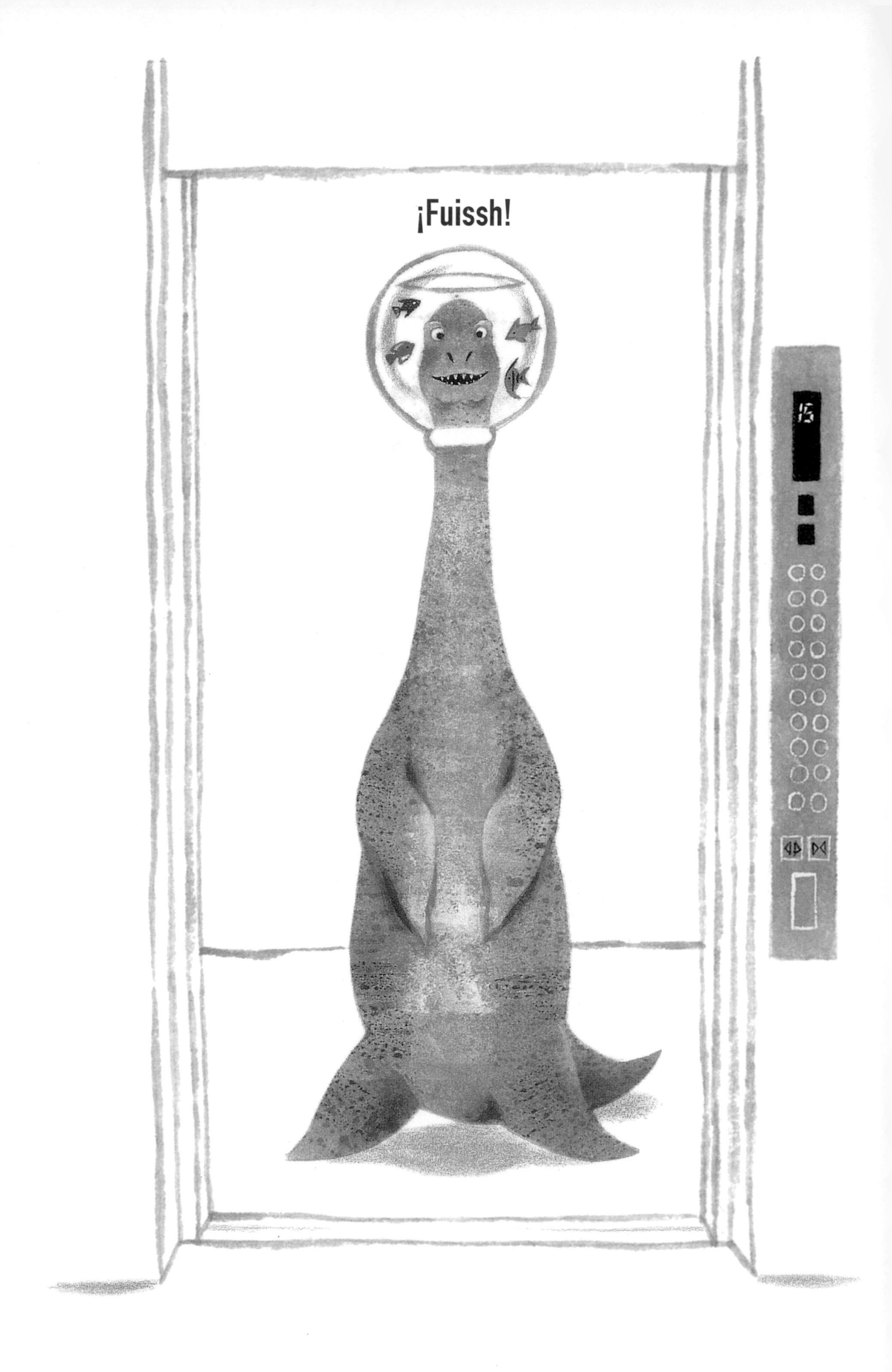

Glub glub glub

—¡Plesiosaurio!

¡Fuissh!

¡Creec! ¡Creec!

—¡Velociraptor... Iguanodonte, Oviraptor!

¡TOINC!

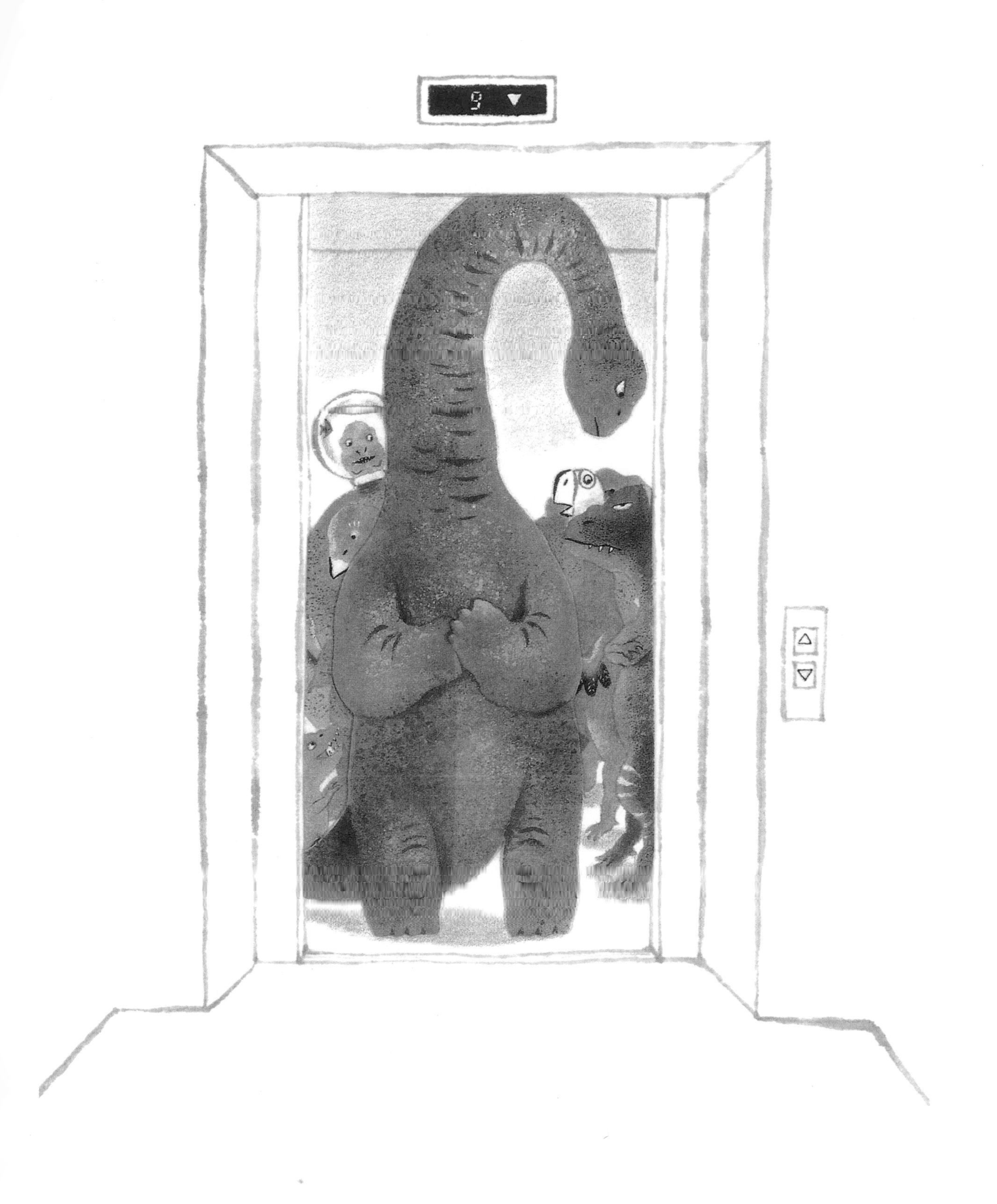

—¡¡¡Tarbosaurio, Braquiosaurio!!!

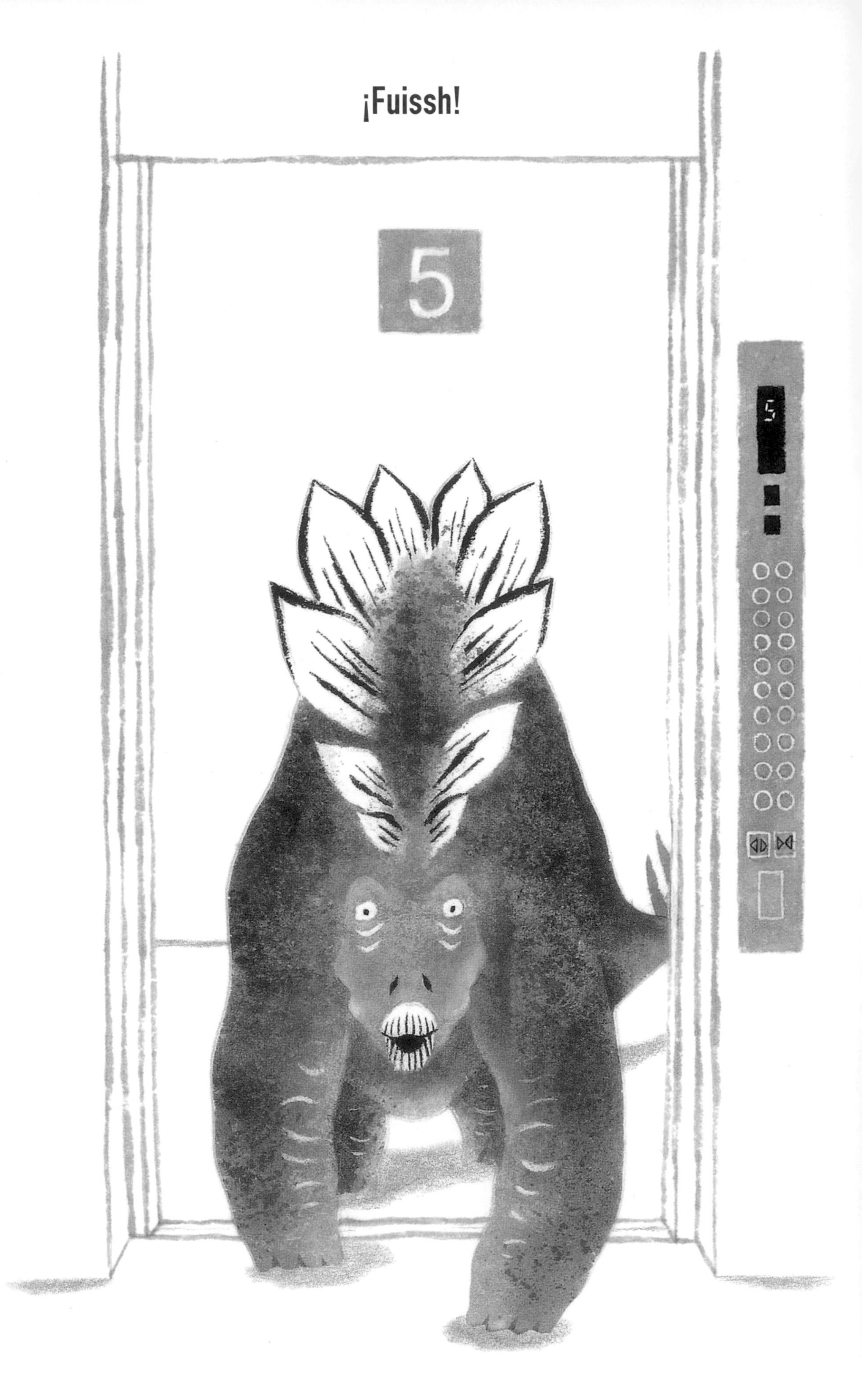

BLEEEEP

—¡Estegosaurio!

¡PRRRT!

—Je, je, je.

—¡Aaahhh...

...aahh... AAAH... AAAAH...

AURIOS

¡Aaargh!
CHÚ

¡Guaaaa!

DINOSAURIOS

DINOSAURIOS

¡Fuissh!

DINOSAURIOS

—¡Tiranosaurio!

2

1905
1605

1907
1807
1707
1607